Mister Gogo
King Kofi
Pinsel

Julia Boehme

Tafiti
und das Geheimnis der Sterne

Tafitis Welt:

Band 1: Tafiti und die Reise ans Ende der Welt
Band 2: Tafiti und das fliegende Pinselohrschwein
Band 3: Tafiti und das Riesenbaby
Band 4: Tafiti und Ur-ur-ur-ur-ur-uropapas Goldschatz
Band 5: Tafiti und ein heimlicher Held
Band 6: Tafiti und die Affenbande
Band 7: Tafiti und der Honigfrechdachs
Band 8: Tafiti und das große Feuer
Band 9: Tafiti und die doppelte Majestät
Band 10: Tafiti und das verschwundene Geburtstagskind
Band 11: Tafiti und das schlecht gelaunte Nashorn
Band 12: Tafiti und die Löwen-Schule
Band 13: Tafiti und die Savannen-Detektive
Band 14: Tafiti und das Geheimnis der Sterne

Tafiti und seine Freunde. Abenteuer in der Savanne (Sammelband)
Tafiti und seine Freunde. Neue Abenteuer in der Savanne (Sammelband 2)

Mit Tafiti lesen lernen:
Tafiti – Der Löwe mit dem Wackelzahn
Tafiti und die Weihnachtsüberraschung

Bilderbücher:
Das große Tafiti-Wimmelbuch
Tafiti und der geheimnisvolle Kuschelkissendieb
Tafiti – Heute bin ich du!
Tafiti – Auch beste Freunde streiten mal

Tafiti – Meine Freunde (Eintragbuch)
Tafiti – Mein Malbuch
Das große Tafiti-Liederalbum (Lieder-CD)
Tafitis Savannenparty – Lernspiele (App)

Lernen mit Tafiti: Erste Buchstaben
Lernen mit Tafiti: Zahlen von 1 bis 10
Lernen mit Tafiti: Rechnen von 1 bis 20
Lernen mit Tafiti: Erstes Schreiben

www.TafitisWelt.de

Julia Boehme

Tafiti

und das Geheimnis der Sterne

Illustriert von Julia Ginsbach

Loewe

FSC
www.fsc.org
MIX
Papier aus verantwortungsvollen Quellen
FSC® C018236

ISBN 978-3-7432-0384-6
1. Auflage 2020

Illustrationen: Julia Ginsbach
Umschlaggestaltung: Jennifer Wunderwald
Printed in the EU

www.TafitisWelt.de
www.loewe-verlag.de

Inhalt

Sternenzauber

Pinsel taucht seine Pinselohren in ein kräftiges Orangerot und malt den herrlichen Sonnenuntergang.

„Ist das schön!“, seufzt Omama, und man weiß nicht recht, ob sie den echten Sonnenuntergang oder den gemalten meint.

„Sön, sön“, echot der kleine Baba und patscht in die Pfoten.

„Ja, ist das *sön*?“, kichert Tutu und kitzelt seinen kleinen Bruder an den Füßen.

Tafiti und Opapa halten Wache, während die anderen gemütlich beisammensitzen.

Andächtig schauen sie zu, wie die Sonne groß und rot über der Savanne untergeht. Kaum ist das letzte Purpurrot hinten am Horizont verschwunden, leuchten die ersten Sterne auf. Und es dauert nicht lange, bis der ganze nachtschwarze Himmel glitzert und funkelt.

„Seht ihr die Sternbilder?“, fragt Opapa und zeigt zum Himmel hinauf. „Da ist der Löwe, dort der Krebs und dahinten die Schlange.“

Dabei vergisst er das Wachehalten nicht und schaut sich immer wieder zu allen Seiten um.

„Und seht ihr, dort drüben“, ruft Omama. „Das sind meine Lieblingssternbilder: das große und das kleine Erdmännchen!“

„Ja, ich kann sie sehen!“, ruft Tafiti.

„Hallo, ihr Sternen-Erdmännchen!“ Er winkt ihnen ausgelassen zu. „Wie ist es denn da oben so?“

„Dunkel“, grunzt Pinsel.

„Doch nur nachts“, meint Tafiti. „Tagsüber ist doch der Himmel ganz hell!“

„Aber kalt ist es dort bestimmt“, meint Omama und zieht die Decke fester um Baba, der in ihren Armen eingeschlafen ist.

„Wie die wohl sind, die Sternen-Erdmännchen?“, überlegt Tafiti.

„So vielleicht?“, meint Pinsel und malt mit seinen Pinselohren geschwind ein Bild.

Ganz besonderer Besuch

Mitten in der Nacht hört Tafiti ein leises Klingeln. Das kommt von draußen! Neugierig springt er aus dem Bett und schleicht sich zum Ausgang. Das Klingeln wird lauter. Tafiti schlüpft nach draußen und da sieht er es: Ein leuchtender Komet saust über den Himmel. Er wird größer und größer und kommt direkt auf ihn zu. Kurz vor der Akazie bremst er ab. Dann setzt er ganz langsam und sacht auf dem Boden auf.

Und vom Kometenschweif rutschen zwei Erdmännchen. Ein großes und ein kleines. Sie haben kein savannenfarbenes Fell wie Tafiti, sondern leuchten und glitzern.

„Hallo!“, rufen sie Tafiti zu. „Bist du etwa ein Erd-Erdmännchen?“

„Ja“, stottert Tafiti.

„Wir sind Sternen-Erdmännchen“, ruft das kleine Sternen-Erdmännchen aufgeregt. „Und wir wollten schon immer einmal ein echtes Erd-Erdmännchen sehen!“

Das kleine Sternen-Erdmännchen tanzt neugierig um Tafiti herum. „Du leuchtest ja gar nicht!“

„Nein“, sagt Tafiti. „Wie macht ihr das bloß?“

Da hört man in der Ferne ein Donnergrollen.

Huch! Erschrocken schauen die Sternen-Erdmännchen zum Himmel hinauf. Da kommt schon wieder ein Komet. Aber diesmal kommt er nicht mit feinem Glockenklang, sondern mit lautem Donnergrollen auf die Erde zu.

„Wenn das nicht der Löwe ist!“, rufen die Sternen-Erdmännchen erschrocken.

Tatsächlich, kaum setzt der Komet auf dem weichen Savannensand auf, springt mit einem riesigen Satz der Sternen-Löwe herab.

„*f*Sapperlot, habe ich euch!“, brüllt er und will schon eins der Sternen-Erdmännchen schnappen. Da fällt sein Blick auf Tafiti. „Wa*f*s? Ein Erd-Erdmännchen?“, staunt er. „Wie die wohl *f*schmecken? *f*Sicherlich *f*super!“

„NEIN!“, schreien die Sternen-Erdmännchen.

Sie nehmen Tafiti rasch an die Pfote, rasen mit ihm zu ihrem Kometen, springen auf und fliegen los.

„Aber …“, ruft Tafiti und schaut zurück. Dabei beugt er sich anscheinend etwas zu weit nach unten. Denn mit einem Mal fällt er hinab und schlägt mit einem lauten **BUMMS** auf dem Boden auf.

„Was ist denn los?“, grunzt Pinsel verschlafen.

Tafiti reißt erschrocken die Augen auf. Aber … na, so was? Mit einem Ruck setzt er sich auf und schaut sich um. Er ist ja gar nicht draußen. Er sitzt drinnen in der Erdmännchenhöhle – auf dem Fußboden.

„Wohl aus dem Bett gefallen?“, kichert Pinsel.

Verwundert reibt sich Tafiti die Augen. Merkwürdig! Hat er das alles etwa nur geträumt?

Ab auf den Mond!

Natürlich erzählt Tafiti Pinsel sofort von dem nächtlichen Besuch.

„Ich kann kaum glauben, dass es nur ein Traum war“, seufzt Tafiti. „Es hat sich alles so echt angefühlt. Vor allem der Sturz vom Kometen.“ Vorsichtig tastet Tafiti nach seinem Po. „Dabei würde ich die Sternen-Erdmännchen sooo gerne kennen-lernen!“

„Meinst du, es gibt auch Sternen-Pinselohrschweine?“, grunzt Pinsel verträumt.

„Na klar!“, meint Tafiti. „Warum denn nicht?“

„Vielleicht kommen sie uns ja wirklich mal besuchen“, hofft Pinsel.

Tafiti schnappt nach Luft. „Vielleicht waren sie sogar schon da. Aber sie haben

uns nicht gesehen, weil wir in der Höhle geschlafen haben!"

„Ach, du grünes Krokodil!", ruft Pinsel. „Dann müssen wir heute draußen schlafen!"

„Ja, in der Hängematte!", ruft Tafiti.

Und damit sie in der Nacht auch sicher sind, bauen sie eine Glöckchenfalle.

Am Abend schaukeln die zwei draußen in ihrer Hängematte und schauen zum Himmel hinauf.

Aber kein Komet rast auf sie zu und bringt Sternen-Erdmännchen-Besuch.

Stattdessen machen die Sternen-Erdmännchen einen kleinen Spaziergang über den Nachthimmel. Zusammen mit allen anderen Sternen.

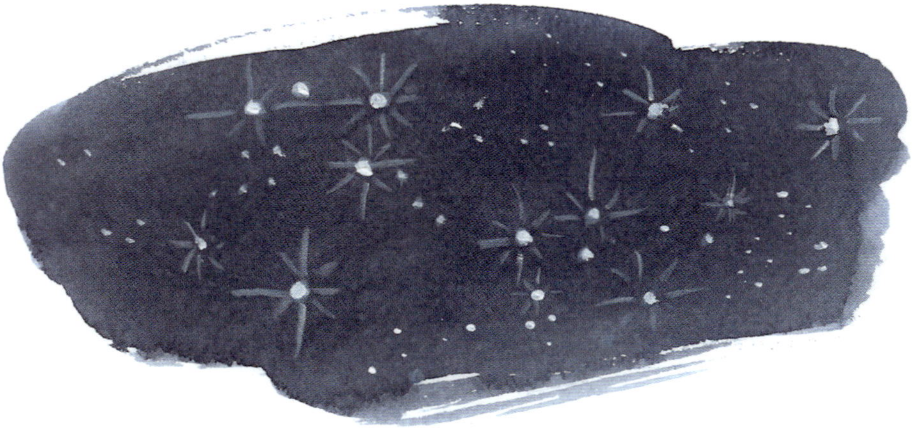

„Wenn sie zu Fuß gehen, dauert das bestimmt", gähnt Pinsel und schläft fast ein.

KLINGELING! Die Alarmglocke!

„AHHHHH!“ Kukukifuku hat sich genauso erschrocken wie Tafiti und Pinsel.

„Was soll denn das mit der Glocke?“, japst das Erdferkel.

Tafiti lugt vorsichtig aus der Hängematte. „Die ist, äh, – damit wir hören, ob jemand kommt“, erklärt er. Sein Herz schlägt immer noch so laut wie eine Buschtrommel. Zumindest kommt es ihm so vor.

„Was macht ihr um diese Zeit hier draußen?“, grummelt Kukukifuku.

„Wir warten auf die Sternen-Erdmännchen“, sagt Tafiti.

„Und auf das Sternen-Pinselohrschwein“, ergänzt Pinsel noch.

„Soso“, brummt Kukukifuku.

„Waren die vielleicht schon mal hier?“, fragt Tafiti aufgeregt. „Du bist doch nachts immer unterwegs!“

„Ob sie hier waren?“, fragt Kukukifuku verwundert. „Hier auf der Erde?“

„Ja!“, ruft Tafiti.

Kukukifuku schüttelt seine Erdferkelohren. „Nein, natürlich nicht!“

Klingeling! macht es, als er schlecht gelaunt wieder davontapst. Ihn so zu erschrecken wegen Sternen-Erdmännchen. Also wirklich!

Tafiti und Pinsel geben so schnell nicht auf. Warum sollten die Sternen-Erdmännchen auf ihrem Himmelsspaziergang nicht auch einmal zu ihnen auf die Erde kommen?

So sitzen die beiden Freunde auch die nächsten Nächte in der Hängematte und schauen zu, wie die Sternen-Erdmännchen langsam über den Himmel ziehen.

„Die wollen gar nicht zu uns“, ruft Pinsel schließlich. „Die laufen ja immer dieselbe Strecke!“

„Stimmt“, muss Tafiti zugeben. Jeden Abend ziehen die Sternen-Erdmännchen gemeinsam mit all den anderen Sternen über den Himmel. Wie eine riesige Himmelsherde.

Nur einer läuft nicht im Gleichmarsch mit:

der Mond. Nacht für Nacht besucht er ein anderes Sternbild.

„Schau doch!“, ruft Tafiti aufgeregt. „Gestern war der Mond bei der Schlange, heute besucht er den Krebs, dann ist er morgen bestimmt bei den Sternen-Erdmännchen!“

„Tja, der hat’s gut“, brummelt Pinsel.

„Ich habe eine Idee!“ Tafiti springt mit einem Satz aus der Hängematte. „Wenn die Sternen-Erdmännchen uns nicht besuchen, könnten wir sie doch besuchen. Und ich weiß auch schon, wie!“

„Na, wie denn?“, schnauft Pinsel verdattert.

„Wir reisen mit dem Mond!“, erklärt Tafiti.

„So?“, grunzt Pinsel. „Wie denn das?“

„Ganz einfach!“ Tafiti strahlt. „Hast du nicht gesehen, wie der Mond heute hinter dem gelben Hügel aufging?“

„Ja, und?“, fragt Pinsel.

„Wir klettern auf den Hügel, warten, bis der Mond vorbeikommt, und dann springen wir vom Hügel einfach auf ihn drauf“, erklärt Tafiti.

„Meinst du?“ Pinsel schaukelt nachdenklich in der Hängematte.

„Klar!“, ruft Tafiti. „Wieso denn nicht?“

„Na gut“, grunzt Pinsel. „Versuchen können wir es ja!“

„Juhu!“, jauchzt Tafiti. „Und dann reisen wir morgen mit dem Mond bis zu den Sternen-Erdmännchen. Na, die werden vielleicht Augen machen!“

Auf zum gelben Hügel

Sobald die Sonne aufgeht, laufen sie los. Schließlich müssen sie rechtzeitig bei Mondaufgang auf dem gelben Hügel sein. Opapa und Omama verraten sie lieber nichts. Die hätten sonst bestimmt tausend Gründe, weshalb sie besser zu Hause bleiben sollten. Wenn es nach ihnen ginge, würden sie jedem Abenteuer aus dem Weg gehen. Da sind Tafiti und Pinsel zum Glück ganz anders. Abenteuer sind wie alle anderen Schätze im Leben: Man muss sie suchen, dann findet man sie auch!

Den ganzen Tag sind sie unterwegs. In der heißen Mittagszeit machen sie im Schatten eine kleine Pause und picknicken ein wenig. Dann ziehen sie weiter.

Am Nachmittag erklimmen sie dann schnaufend und keuchend den Hügel. Noch vor Sonnenuntergang haben sie es geschafft und sind ganz oben.

„Jetzt müssen wir nur noch auf den Mond warten!“, freut sich Tafiti.

„Hoffentlich ist da auch Platz für uns beide“, japst Pinsel immer noch ein bisschen außer Atem.

„Keine Sorge“, meint Tafiti. „Es ist doch Vollmond!“

So sitzen die beiden oben auf dem gelben Hügel und warten.

Langsam geht die Sonne unter und es wird dunkel. Doch der Mond kommt und kommt nicht.

„Das gibt’s doch nicht!“, ruft Pinsel plötzlich und zeigt zum Himmel. „Schau doch mal!“

Hoch über ihnen steht der Mond.

„Komisch“, wundert sich Tafiti. „Wir haben doch hier die ganze Zeit aufgepasst. Er muss wohl irgendwo anders aufgegangen sein.“

„Aufgegangen, wenn ich das schon höre!“, schimpft auf einmal jemand.

Die beiden Freunde schauen sich erschrocken um. Wer spricht da bloß? Weit und breit ist keiner zu sehen.

„Der Mond geht nicht auf und unter!“, ruft die Stimme.

Und jetzt erst entdecken Tafiti und Pinsel den kleinen schwarzen Käfer. Er sitzt zu ihren Füßen auf einer großen Mistkugel und schüttelt empört die Fühler.

„Was macht er denn dann?“, fragt Pinsel verdutzt.

„Der Mond kreist um die Erde. Wartet mal!“ Der Mistkäfer krabbelt von seiner Kugel.

Schnell rollt er eine zweite, wesentlich kleinere Kugel.

„So“, sagt er dann. „Die kleine Mistkugel ist der Mond, die große die Erde. Und der Mond kreist um die Erde herum. Und zwar in einem gehörigen Abstand.“ Der Käfer macht es vor und rollt die kleine Kugel in einem weiten Kreis um die große. Tafiti schluckt. „Dann kann man da von der Erde aus gar nicht draufspringen?“

„Nie im Leben!“, ruft der Käfer. „Dazu ist der Mond viiiel zu weit weg!“

„Mist!“, flucht Pinsel.

„Wo?“ Der Käfer guckt sich begierig um.

„Das sagt man doch nur so“, entschuldigt sich Pinsel.

„Schade“, seufzt der Käfer. „Es sollte mehr Mist geben auf der Welt! Ich heiße übrigens Kopernikus.“

„Und wir sind Tafiti und Pinsel“, sagt Tafiti. „Wir wollten eigentlich zu den Sternen-Erdmännchen da oben!“

„Die Sternen-Erdmännchen, soso“, murmelt Kopernikus.

„Du hast es gut“, meint Tafiti zum Käfer. „Du könnest hinauffliegen und die Sternen-Erdmännchen besuchen.“

„Ja, und das Sternen-Pinselohrschwein. Und vielleicht gibt es ja auch Sternen-Mistkäfer“, überlegt Pinsel.

Kopernikus schüttelt den Kopf. „Ach, Quatsch! Das geht nicht!“

„Wieso?“, fragt Tafiti.

„Zu weit weg“, erklärt Kopernikus.

„Hast du es denn schon einmal versucht?“, fragt Tafiti.

„Nein“, sagt Kopernikus.

„Na also!“, ruft Pinsel. „Los, probier’s doch mal!“

Kopernikus überlegt eine Weile. Dann gibt er sich einen Ruck. „Also gut, ich versuch’s.“

Er klettert auf seine Kugel hinauf. Dann breitet er seine Flügel aus. „Tschüss dann, bis später!“

Und damit brummt er los, geradewegs in den Himmel hinauf.

„Gute Reise!“, ruft Tafiti noch.

Schon bald haben Tafiti und Pinsel ihn in der Dunkelheit aus den Augen verloren.

Doch dann, wenig später, surrt es kläglich: „Hiiilfe!“

Und hätte Pinsel ihn nicht mit seiner Mütze aufgefangen, hätte Kopernikus eine ganz schöne Bruchlandung gemacht.

Er bibbert am ganzen Leib. „Ist das ka…ka… kalt da oben! Meine Flügel sind fa…fa…fast eingefroren. Da habe ich schleu…eu…eunigst umgedreht.“

Tafiti haucht ihn vorsichtig an, um ihn zu wärmen.

„Ah, das tut gut“, nickt Kopernikus.

„HACHHH!“ Pinsel haucht auch.

Der Käfer schüttelt sich. „Danke, das reicht!“

„Es geht also wirklich nicht?“, fragt Tafiti ein wenig enttäuscht.

„Keine Chance!“, surrt Kopernikus.

„Schade!“, murmelt Tafiti.

„Ich habe auch noch von keinem gehört, der je da oben war“, fällt Kopernikus ein. „Und das hat vielleicht ja auch seinen Grund.“

„Tja, dann können wir wohl jetzt wieder nach Hause und noch etwas schlafen“, gähnt Pinsel müde. Tafiti schaut sich um. „Ich glaube, da müssen wir bis morgen warten. Im Dunkeln finden wir nie nach Hause.“

„Im Dunkeln findet man überall hin. Viel besser als tagsüber“, behauptet Kopernikus. „Wo müsst ihr denn hin?“

„Zu unserer Höhle am großen Stein!“, erklärt Tafiti.

„Der große Stein? Kenn ich, kein Problem.“ Kopernikus schaut zum Himmel hinauf, bevor er losmarschiert.

„Da lang?“, fragt Tafiti verwundert. „Bist du dir sicher?“

„Klar“, sagt Kopernikus. „Die Sterne zeigen den Weg.“

„Aber die stehen doch nicht still, verflixt noch mal“, beschwert sich Pinsel.

„Das nicht!“ Kopernikus lächelt nachsichtig. „Aber wer sich auskennt, kennt sich aus.“

So laufen die drei mitten in der Nacht durch die Savanne.

Ein Mistkäfer, ein Erdmännchen und ein sehr müdes Pinselohrschwein.

Schreck in der Nacht

Sie klettern den Hügel hinunter und laufen eine ganze Weile, bis Kopernikus schließlich stehen bleibt. „Ab hier findet ihr alleine nach Hause. Ihr müsst jetzt nur noch der Milchstraße folgen. Seht ihr sie dort oben? Sie läuft in diese Richtung. Und dort ist auch euer Zuhause.“

Gerade will Kopernikus umdrehen, da hören sie plötzlich ein Murmeln: „Ich bin der Gröfßte und Befste!“

„Stopp“, flüstert Tafiti. „Das ist …“

In dem Moment steht Seine Löwenmajestät King Kofi schon vor ihnen. In der Dunkelheit haben sie ihn gar nicht kommen sehen.

Pinsel springt erschrocken zur Seite.

Aber als Tafiti King Kofis glasige Augen sieht, lacht er nur.

„Der schlafwandelt! Das macht er doch immer bei Vollmond“, erklärt er.

„Huhu, King Kofi! Schläfst du schön?“, ruft er ausgelassen und zieht den König frech am Schwanz.

„Nicht!“, quiekt Pinsel noch. Aber da ist es schon zu spät: Der Löwe ist wach. Hellwach!

„Wa*f*s? Erdmännchen und *f*Schweinebraten! Da*f*s i*f*st ja *f*super: Her mit euch!“ King Kofi will sich schon auf sie stürzen, da stutzt er plötzlich. „Hä? Wie*f*so ist e*f*s denn *f*so dunkel? Hat wer die *f*Sonne gefre*f*ssen?“

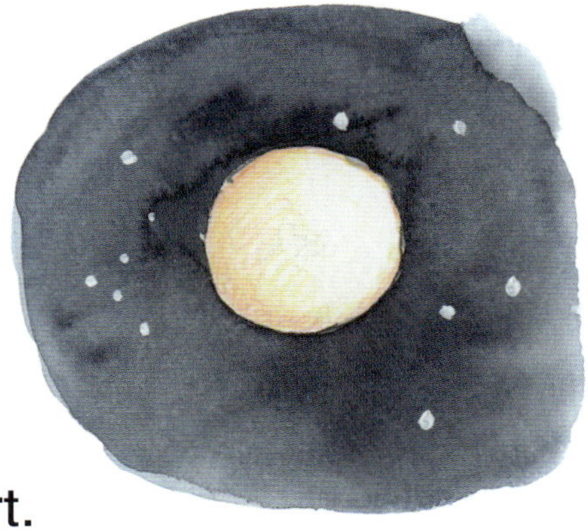

Den Moment nutzen Tafiti und Pinsel und verstecken sich schnell im Gebüsch. King Kofi will schon hinterher, doch da ergreift Kopernikus das Wort.

„Nein, nein, es ist Nacht, Eure Majestät“, erklärt Kopernikus wichtig. Er hat keine Angst vor Löwen. Mistkäfer schmecken denen nicht.

„Nacht? Und wa*f*s machen die beiden dann drau*f*ßen?“, rätselt der Löwe. Ohne sich zu fragen, was er denn bei Nacht draußen macht …

„Sie wollten zu den Sternen-Erdmännchen", erklärt Kopernikus.

„*f*Sternen-Erdmännchen! *f*Schmecken die auch so gut?" King Kofi schleckt sich sein Maul.

„Klar schmecken die", ruft Tafiti aus seinem Versteck. „Du musst nur aufpassen, dass sie dir der Sternen-Löwe nicht wegschnappt!"

„*f*Sternen-Löwe? Wo?"

„Da oben!“ Kopernikus zeigt es ihm.

„Komm runter, du Mi*f*stkerl! Dir *f*zeig ich’*f*s!“, brüllt King Kofi außer sich. „Da*f*s *f*sind meine *f*Sternen-Erdmännchen! Und damit ba*f*sta!“

Und während King Kofi weiter Richtung Himmel brüllt und zetert, schleichen Tafiti und Pinsel sich auf Zehenspitzen an ihm vorbei. Dann rennen sie los. So schnell sie können!

„Na *f*schön, dann bleib doch da oben!“, knurrt King Kofi schließlich. „Hier unten bin ich nämlich der König! Jawohl! Und meine Erd-Erdmännchen *f*schmecken be*f*stimmt auch viel be*f*sser! Erd-Erdmännchen?!“

King Kofi dreht sich um. „Ja, wo *f*sind *f*sie denn? Verfli*f*xt noch mal!“

Doch Tafiti und Pinsel sind längst in der Dunkelheit verschwunden!

Atemlos rennen die beiden Freunde durch die finstere Savanne. Was hatte Kopernikus noch gesagt? Der Milchstraße folgen! Genau das machen die zwei. Und nach einer Weile tauchen vor ihnen tatsächlich der große Stein und die Akazie auf: Sie sind zu Hause! Rasch schlüpfen sie in die Erdmännchenhöhle und fallen müde in ihre Betten.

Der Brief

Die Sonne steht schon hoch, als Pinsel und Tafiti wieder aufwachen.

„Ich möchte nur wissen, wo ihr euch gestern herumgetrieben habt“, sagt Opapa.

„Und wo mein Kuchen geblieben ist“, ergänzt Omama.

„Der Kuchen war unser Reiseproviant“, erklärt Pinsel.

„Eine Reise? Wohin?“, staunt Omama.

Tafiti erzählt es ihnen.

„Die Sternen-Erdmännchen kann man nicht besuchen“, sagt Opapa.

„Und wieso nicht?“, fragt Tutu.

„Ich weiß nicht“, sagt Opapa. „Ich weiß nur, dass sie so weit weg sind, dass NIEMAND dorthin fliegen kann. Nicht mal ein Adler wie Mister Gogo.“

„Schade!“, seufzt Tafiti.

Am Abend schaukeln er und Pinsel wieder in ihrer Hängematte und schauen zu den Sternen hoch.

„Meinst du, die Sternen-Erdmännchen wissen überhaupt, dass es uns gibt?“, fragt Tafiti.

„Keine Ahnung“, antwortet Pinsel.

„Sie sollten es aber wissen!“ Tafiti springt auf. „Am besten, wir schicken ihnen einen Brief.“

„Einen Brief?“, quiekt Pinsel.

„Genau, und du musst mir helfen!“, sagt Tafiti. „Mit Bildern und so!“

„Kein Problem“, grunzt Pinsel. Malen kann er ja!

Sie räumen den großen Tisch frei, holen Papier und Farben. Dann legen sie los. Es dauert ein wenig, doch schließlich ist der Brief fertig:

„So ein schöner Brief“, staunt Omama. „Aber wie kommt der zu den Sternen-Erdmännchen?“

„Ganz einfach, per Luftpost“, sagt Tafiti.

Pinsel schnappt nach Luft. „Aber Opapa hat doch gesagt, dass nicht einmal Mister Gogo …“

„Ich hab da schon eine Idee!“, meint Tafiti vergnügt.

Und dann wird gebastelt: Aus trockenen Blättern und selbst gekochtem Leim formen Tafiti und Pinsel ein großes Herz. Unten bleibt es offen, dort macht Tafiti nämlich eine Kerze fest. „Wenn wir die Kerze anzünden, wird die Luft in unserem Blätterherz warm. Und warme Luft steigt nach oben und bringt unseren Brief zu den Sternen-Erdmännchen!“

Am Abend, kaum, dass die Sternen-Erdmännchen am Himmel leuchten, binden sie ihren Brief an den Herzballon. Dann zünden sie die Kerze an.

„Gute Reise!“, rufen Tafiti und Pinsel.

Ihr Herz steigt hell leuchtend in die Lüfte. Pinsel und Tafiti lassen es nicht aus den Augen. Doch bald ist es von den Sternen kaum mehr zu unterscheiden.

„Schau, so hoch fliegt es schon! Gleich ist es bei den Sternen-Erdmännchen!“, jubelt Tafiti.

„Ja“, grunzt Pinsel. „Und sobald sie unseren Brief gelesen haben, machen sie sich bestimmt auf den Weg!“

Die ganze Nacht liegen die zwei draußen in ihrer Hängematte und schauen zum Himmel hinauf. Doch statt sie zu besuchen, machen die Sternen-Erdmännchen nur wieder ihren üblichen Spaziergang.

„Vielleicht müssen sie erst einen Kometen finden, der sie hierherbringt?“, überlegt Tafiti.

„Ja, vielleicht“, nuschelt Pinsel müde.

Noch ein Traum

Während Tafiti und Pinsel schlafen, schwebt das kleine Herz durch das riesige dunkle Weltall – direkt zu den Sternen-Erdmännchen.

„Schau mal!“, ruft das kleine Sternen-Erdmännchen. „Was kommt denn da?“

„Lass uns mal gucken!“ Das große Sternen-Erdmännchen streckt seine langen, leuchtenden Arme aus und schnappt sich das Herz. „Hier hängt ein Brief dran!“

„Der ist ja für uns!“ Aufgeregt hüpft das kleine Sternen-Erdmännchen am Himmel auf und ab.

„Ja, der ist von einem Erd-Erdmännchen und einem Erd-Pinselohrschwein. Ob die uns von da unten aus sehen können? Morgen Nacht winken wir ihnen, einverstanden?“

„Aber klar doch“, johlt das kleine Sternen-Erdmännchen und strahlt noch heller als sonst.

Das träumt Tafiti. Dabei ist das Herz gar nicht so weit gekommen. Zwar ist es erst einmal aufgestiegen, doch dann hat ein kräftiger Ostwind die Kerze gelöscht und das Herz zum gelben Hügel geblasen. Dort ist es im Gebüsch hängen geblieben. Und kein anderer als Kopernikus hat den Brief gefunden.

Kopernikus versteht sofort: Dies ist eine Einladung! Er soll Tafiti und Pinsel wohl mal besuchen kommen. Na, wieso nicht?

Mit einer frischen Mistkugel als Proviant macht er sich auf den Weg.

Doch die Käferbeine sind kurz und der Weg ist lang. An einem Tag oder in einer Nacht – wie Tafiti und Pinsel – schafft er es nicht. Aber schließlich erreicht er doch den hohen Stein bei der Akazie.

Tafiti und Pinsel staunen nicht schlecht, als der Mistkäfer bei ihnen an die Höhlentür klopft.

„Kopernikus? Du?“, ruft Tafiti überrascht.

„Klar, ich habe euren Brief bekommen. Nett, dass ihr mich eingeladen habt. Ich meine: Das war doch eine Einladung, oder?

„Ja, genau“, sagt Tafiti und lacht. „Toll, dass du gekommen bist!“

„Willst du vielleicht etwas Kuchen?“, fragt Pinsel sofort. „Omamas Kuchen ist der beste der ganzen Savanne!“

„Nein, ich mag doch nur Mist“, erklärt Kopernikus. „Aber es ist so toll, dass ihr mich eingeladen habt. Sonst wäre ich wohl nie hierhergekommen. Hier unten in der Ebene gibt es nämlich mehr Tiere als oben auf dem Hügel.“ Kopernikus lächelt verschämt. „Und mehr Tiere bedeuten mehr Mist!“

„Huhu, Tafiti! Hallo, Pinsel!“, trötet Mama Matemba, die nicht weit von ihnen mit ihrer Elefantenherde vorbeizieht.

„Huhu!“, rufen Tafiti und Pinsel und winken zurück.

„War schon einmal ein Elefant auf deinem Hügel?“, fragt Tafiti Kopernikus mit einem Mal.

„Nein, noch nie“, sagt der Käfer.

„Mama Matemba, Mama Matemba, warte doch bitte mal!“, ruft Tafiti und läuft den Elefanten hinterher.

„Was ist denn?“ Mama Matemba bleibt stehen.

„Du könntest uns einen Gefallen tun“, erklärt Tafiti.

„Was denn?“

Tafiti klettert auf einen Stein und flüstert es Mama Matemba ganz leise in ihr Ohr.

„*Was* wollt ihr?“ Mama Matemba wird rot.

„Aber du würdest Kopernikus so glücklich machen“, erklärt Tafiti.

Der Käfer hat gleich verstanden. „Oh ja!“, nickt er eifrig. „Und wie!“

„Ach, schaut doch mal, der schöne Sonnenuntergang!“, trötet Mama Matemba da.

Und während alle den Sonnenuntergang bewundern, schenkt Mama Matemba Kopernikus unbemerkt den größten und schönsten Misthaufen seines Lebens. Ganz für ihn allein!

Neue Freunde

„Wie wundervoll!“, ruft Kopernikus und legt sofort los: Jetzt kann er die größte und schönste Mistkugelsammlung schaffen, die er je hatte.

„Und eins sage ich euch“, meint er glücklich zu Tafiti und Pinsel. „Ich bleibe jetzt für immer hier unten!“

„Das ist ja toll!“ Tafiti strahlt. „Weißt du was?“

„Nö“, sagt Kopernikus.

„Pinsel und ich sind zum gelben Hügel gezogen, um neue Freunde zu finden“, erklärt Tafiti.

„Ja, so könnte man das sagen“, grunzt Pinsel zustimmend.

„Und wir haben einen neuen Freund gefunden“, stellt Tafiti klar.

„Mich?“, fragt Kopernikus und weiß mit seinen Beinchen und Fühlern vor lauter Verlegenheit gar nicht mehr, wohin.

„Klar, dich!“ Tafiti strahlt.

„Auch, wenn ich kein Sternen-Erdmännchen bin?“ Kopernikus schaut betreten zu Boden. „Und nicht einmal ein Sternen-Mistkäfer?“

„Gerade weil du kein Sternen-Dingsbums bist!“, ruft Pinsel dazwischen. „Denn dann bist du nämlich nicht so verflixt weit weg und wohnst jetzt sogar um die Ecke.“

„Ja“, sagt Tafiti. „Und es ist doch tausendmal schöner, wenn man Freunde hat, oder?“

„Stimmt“, nickt Kopernikus und ist sehr, sehr froh, kein Sternen-Mistkäfer zu sein.

Gerade in dem Moment saust am Himmel eine Sternschnuppe entlang.

„Schaut doch!“, ruft Tafiti.

Über den Himmel huscht noch eine Sternschnuppe und dann noch eine und noch eine: ein richtiges Sternschnuppen-Feuerwerk!

„Das ist bestimmt ein Gruß von den Sternen-Erdmännchen!“, jubelt Tafiti. „Sie scheinen ja doch zu wissen, dass es uns gibt!“

„Oh ja“, nickt Pinsel und strahlt. „Und das Sternen-Pinselohrschwein weiß es bestimmt auch!“

Julia Boehme studierte Literatur- und Musikwissenschaft und arbeitete danach als Redakteurin beim Kinderfernsehen. Eines Tages fiel ihr ein, dass sie als Kind unbedingt Schriftstellerin werden wollte. Wie konnte sie das bloß vergessen? Auf der Stelle beschloss sie, jetzt nur noch zu schreiben. Seitdem denkt sie sich ein Kinderbuch nach dem anderen aus.

Julia Ginsbach wurde 1967 in Darmstadt geboren. Nach ihrer Schulzeit studierte sie Musik, Kunst und Germanistik. Heute arbeitet sie als freie Illustratorin und lebt mit ihrer Familie und vielen Tieren auf einem alten Pfarrhof in Norddeutschland.

Und wie sieht dein STERNEN-ICH aus?
Male es doch auf die freie Seite!